27 Décembre 1884. V

VENTE

Du Samedi 27 Décembre

HOTEL DROUOT, SALLE N° 3

INTÉRESSANTE RÉUNION

DE

FAIENCES ANCIENNES

PORCELAINES

Objets d'Ameublement

BEAUX BIJOUX

EXPOSITION PUBLIQUE

LE VENDREDI 26 DÉCEMBRE 1884

M° ESCRIBE	**M. A. BLOCHE**
COMMISSAIRE-PRISEUR	EXPERT
6, rue de Hanovre, 6.	44, rue Laffitte, 44.

IMPRIMERIE DE MARS

CATALOGUE

DE

FAIENCES ANCIENNES

DE

Moustiers, Rouen, Nevers, Marseille, Delft, Urbino
Castelli, Faenza, hispano-arabes, de Perse et autres fabriques

PORCELAINES DE CHINE

DU JAPON, DE SAINT-CLOUD, DE SAXE

BRONZES — ARMES — TABLEAUX — AQUARELLES

Manuscrits du XVIe siècle

BEAUX BIJOUX ANCIENS ET MODERNES

ARGENTERIE — MEUBLES — ÉTOFFES — MONNAIES

Dont la vente aura lieu

HOTEL DROUOT, SALLE N° 3

Le Samedi 27 Décembre 1884

A 2 HEURES 1/4

Me ESCRIBE	**M. A. BLOCHE**
COMMISSAIRE-PRISEUR	EXPERT
6, rue de Hanovre, 6	44, rue Laffitte, 44

EXPOSITION PUBLIQUE

Le Vendredi 26 Décembre 1884

DE 1 HEURE 1/2 A 5 HEURES 1/2

CONDITIONS DE LA VENTE

Elle sera faite au comptant.

Les adjudicataires payeront *cinq pour cent* en sus des enchères.

L'exposition mettant le public à même de se rendre compte de l'état des objets, il ne sera admis aucune réclamation une fois l'adjudication prononcée.

Paris. — Imp. de l'Art. E. Ménard et J. Augry
41, rue de la Victoire, 41.

DÉSIGNATION DES OBJETS

FAIENCES

1 — MOUSTIERS. — Jolie fontaine avec son bassin, décorée d'armoiries et de sujets allégoriques, composition d'après Guérin en bleu sur blanc.

2 — DELFT. — Deux belles plaques, décors polychromes, offrant au centre des vues de Hollande, encadrées de fleurs et d'oiseaux.

3 — MILAN. — Jolie soupière avec son plateau forme ovale, avec son couvercle festonné, décor à figures, rocailles et feuillages en polychrome.

4 — URBINO. — Grand plat rond offrant une figure de femme sur l'ombilic, encadré de dessins raphaélesques.

5 — NEVERS. — Grand plat rond décoré de médaillons à scènes champêtres en bleu et violet.

6 — MARSEILLE. — Console d'applique, décor à
fleurs et insectes, formé d'un groupe de fruits.

7 — MOUSTIERS. — Deux bouquetières de forme
demi-lune, décor bleu sur blanc, montées sur
appliques en bois noir sculpté.

8 — SCEAUX. — Deux jardinières forme demi-circu-
laire, décorées en marine, en camaïeu.

9 — DELFT. — Boîte à compartiments avec couvercle,
surmontée d'un serpent, décor bleu sur blanc.

10 — MOUSTIERS. — Deux petits plateaux, décor à
fleurs.

11 — ROUEN. — Deux assiettes, décor à fleurs, guirlandes et lambrequins fond bleu.

12 — MARSEILLE. — Surtout de table formé par des
groupes d'enfants portant des coquilles.

13 — ROUEN. — Assiette, décor au carquois, avec
bordure à lambrequin en polychrome.

14 — ROUEN. — Deux assiettes, décor à corbeille de
fleurs, lambrequins et guirlandes en polychrome.

15 — ROUEN. — Banette avec anses à jour, bordure
fond bleu, dessin polychrome.

16 — MILAN. — Bassin ovale décoré de rocaille, enguirlandé de fleurs.

17 — MOUSTIERS. — Bassin ovale et ciselé, représentant un satyre et des oiseaux au centre, avec bordure à dessins très fins en bleu sur blanc.

18 — CASTELLI. — Plaque, décor à paysages encadrés.

19 — CASTELLI. — Plaque, décor à volatiles.

20 — ROUEN. — Assiette décorée au centre d'une armoirie, avec bordure en lambrequins et guirlandes en bleu sur blanc.

21 — MOUSTIERS. — Deux grands plats à contours, dessin très fin en bleu sur blanc.

22 — PERSE. — Plat, décor à pommes de pin et écailles de poisson.

23 — PERSE. — Plat, décor à pommes de pin, fleurs et écailles de poisson.

24 — PERSE. — Plat, décor à tulipes, pivoines et feuillages.

25 — MARSEILLE. — Console d'applique forme à rocaille, en bleu sur blanc.

26 — MARSEILLE. — Jardinière à deux compartiments, décor à fleurs.

27 — ROUEN. — Deux compotiers potelés, décor polychrome.

28 — MARSEILLE. — Assiette, décor à sujets champêtres.

29 — MARSEILLE. — Trois assiettes, décor à fleurs et oiseaux.

30 — URBINO. — Deux cornets décorés de figures et de paysages, monture en bronze.

31 — URBINO. — Cornet décoré d'attributs et d'un médaillon à figures.

32 — NEVERS. — Chimère, décor en bleu.

33 — ROUEN. — Aiguière, décor en bleu et rouge.

34 — ROUEN. — Aiguière, décor à lambrequins en bleu sur blanc.

35 — MARSEILLE. — Joli plat oblong, décor à poissons et fleurs.

36 — Faenza. — Jolie coupe à ombilic représentant Orphée, fond quadrillé à jour.

37 — Moustiers. — Plat oblong, décor à fleurs et rinceaux en bleu sur blanc.

38 — Moustiers. — Plat oblong, décor à fleurs et rinceaux en bleu et jaune d'ocre.

39 — Moustiers. — Bassin ovale forme côtelée, décor très fin en bleu sur blanc.

40 — Delft. — Deux petits plateaux décorés de feuillages en relief.

41 — Hispano-Arabe. — Petite coupe à ombilic, fond à écaille de poisson à reflets mordorés.

42 — Urbino. — Coupe forme lobée à coquille, décor intérieur représentant Vénus à la coquille.

43 — Delft. — Plat rond, décor bleu sur blanc.

44 — Rouen. — Fontaine, décor à guirlandes en bleu sur blanc.

45 — Urbino. — Écritoire forme monumentale, décor à armoiries en polychrome.

46 — ABRUZZES. — Seau avec anse, décor à fleurs.

47 — DELFT. — Deux boîtes à épices, forme fruit, avec couvercle décoré avec feuillages en relief.

48 — NEVERS. — Vase à deux anses, décor à sujets chinois en bleu.

49 — NEVERS. — Jardinière de forme à contours, décor à sujet chinois en bleu.

50 — URBINO. — Deux grosses potiches décorées de médaillons à figures allégoriques, de rinceaux, de feuillages et de fruits, sur fond bleu.

51 — URBINO. — Deux cornets décorés de sujets allégoriques et d'inscriptions, monture en bronze.

52 — ROUEN. — Deux jardinières octogones, décor à la pagode en polychrome.

53 — NIDERWILLER. — Deux vases décorés de paysages de forme élancée.

54 — DELFT. — Joli cornet forme côtelée, décor à sujets chinois en polychrome.

55 — DELFT. — Joli cornet forme à pans, décor à figures, oiseaux et fleurs en polychrome.

PORCELAINES DE CHINE ET AUTRES

56 — Grand vase de Chine fond brun, décor à fleurs gravées sous couverte.

57 — Vase fond blanc, décor par compartiments en bleu, à figures et fleurs.

58 — Vase à deux anses fond vert, décor bleu en relief.

59 — Vase fond bleu barbot, décor à grecques et lambrequins sous couverte.

60 — Pitong, décor à paysages, insectes et fleurs.

61 — Gourde, décor à fruits et branchages en bleu sur blanc.

62 — Bouteille, décor en blanc sur fond céladon.

63 — Deux beaux vases ovoïdes avec couvercles fond jaune avec caractères en relief.

64 — Vase fond bleu barbot, décor à fleurs en gros bleu.

65 — Belle jardinière fond aubergine.

66 — Paire de vases fond vert, à entrelacs et lambrequins en émaux de couleur.

67 — Deux vases forme barils avec couvercles, décor à fleurs.

68 — Jolie jardinière fond bleu, décor à rehauts d'or.

69 — Petite jardinière de la famille verte, décor à chevaux et fleurs.

70 — Flacon de la famille verte, décoré d'objets d'ameublement.

71 — Vase ovoïde, décor au dragon polychrome.

72 — Jardinière, décor au dragon impérial.

73 — Vase très long, décor brun flambé.

74 — Deux jardinières fond bleu, à fleurs réservées en blanc et cartels à objets d'ameublement.

75 — Vase forme boule, décor à fleurs et entrelacs en bleu sur blanc.

76 — Bol de Konga, décor rouge et or.

77 — Bateau avec maison, décor craquelé.

78 — Deux jardinières avec plateaux fond rouge, à fleurs et rosaces en émaux de couleur.

79 — Coupe avec couvercle, décor au dragon.

80 — Coupe fond jaune, décor bleu à fleurs.

81 — Jolie boîte à compartiments, décor quadrillé à jour et fleurs de la famille verte.

82 — Deux vases surbaissés, avec couvercles fond bleu, décor à fleurs réservées en blanc.

83 — Bonbonnière avec couvercle et plateau forme choux, décor polychrome sur fond à feuillages verts.

84 — Deux plats et deux assiettes, décor bleu.

85 — Plat de la famille verte, décor paysage.

86 — Grande bonbonnière fond bleu turquoise, décor en relief à fleurs.

87 — Plate-forme feuille, décor polychrome.

88 — Trois plaques de la famille verte.

89 — Très joli seau en ancienne pâte tendre de Saint Cloud, décor en relief à fleurs et feuillages, orné d'anses à masques grotesques.

90 — Pichet de Nevers fond bleu, décor à fleurs et insectes en jaune.

91 — Petite aiguière anglaise fond gris marbré, couvercle en étain.

92 — Flambeau de Marseille, forme tortillon.

93 — Paire de jolis cornets en vieux Chine, décors à fleurs et paysages à rehauts d'or.

94 — Paire de jolis vases en vieux Chine, décor bleu sur blanc.

95 — Deux petits plateaux en vieux Chine, décors à fleurs de la famille rose.

96 — Bonbonnier à trois coquilles de Saxe, décor bleu et or.

97 — Plat à barbe en vieux Japon, décor polychrome.

98 — Deux petits cornets en vieux Chine de la famille verte, décor à figures.

99 — Deux plats ronds en vieux Chine de la famille verte, décor à paysages.

100 — Deux petites jardinières de l'Inde avec plateaux, décor à fleurs et insectes.

101 — Vase en céladon bleu turquoise.

102 — Deux petits seaux en porcelaine à la reine, décor à fleurs.

103 — Deux potiches en porcelaine laquée du Japon.

104 — Deux petites feuilles en porcelaine de Furstenberg.

105 — Deux cornets hexagones de Chine, décor à figures et inscriptions.

106 — Vase avec couvercle à jour de Saxe, riche décor gros bleu à rehauts d'or.

107 — Deux flambeaux, même facture.

TABLEAUX — AQUARELLES — GRAVURES

108 — Grande gravure représentant la Seine d'après
Léonard de Vinci, encadrée.

109 — Aquarelle représentant un paysage de Georges
Gassier.

110 — Petit tableau, école moderne, paysage avec
cours d'eau.

111 — ERPIKUM. Nymphe et Amour.

112 — LE BRUN. Sujet tiré des batailles d'Alexandre.
(Sépia.)

BIJOUX — OBJETS DE VITRINE

MANUSCRITS — ARGENTERIE

113 — Très beau bracelet, composé d'une grande
émeraude entourée de brillants. Le corps du
bracelet est enrichi de chaque côté de chutes de
brillants.

114 — Bague et boucles d'oreilles, en émeraudes entourées de brillants.

115 — Paire de jolis pendants d'oreilles forme S fleuronné en brillants et rubis.

116 — Paire de jolis pendants d'oreilles en rubis et brillants.

117 — Bague marquise en émeraudes et brillants.

118 — Joli manche à gigot en argent repoussé. Époque Louis XV.

119 — Jolie cuiller à sucre en argent ciselé, riche modèle, vieux français Louis XVI.

120 — Deux cuillers à fruit en argent guilloché.

121 — Deux cuillers à compote en argent repoussé.

122 — Jolie dague à lame gravée, fourreau quadrangulaire en fer repercé, dessin à arabesques et figures, poignée en ivoire offrant des personnages en bas-relief.

123 — Joli petit manuscrit : Precationes christianæ, avec encadrement de texte et majuscules en cou-

leurs rehaussés d'or. xvie siècle. Reliure moderne.

124 — Deux petits missels romains, manuscrits enrichis de majuscules et de miniatures en couleurs à rehauts d'or. xvie siècle. Reliure moderne.

125 — Beau livre d'heures. Manuscrit du xvie siècle avec miniatures et majuscules en couleur rehaussées d'or. Reliure en peluche.

126 — Très beau manuscrit du xve siècle, enrichi de grandes miniatures, de vignettes, marges et majuscules en couleur rehaussées d'or.

127 — Paire de grandes boucles d'oreilles en stras, monture or et argent. Époque Louis XVI.

128 — Paire de longs pendants d'oreilles en stras, monture or et argent. Époque Louis XVI.

129 — Deux paires de pendants d'oreilles en filigrane d'or, enrichis de perles.

130 — Paire de pendants d'oreilles en or repercé, enrichis de brillants de table. Époque Louis XIII.

131 — Applique normande en or repercé.

132 — Demi-parure en argent et émail.

133 — Quatre sujets en ivoire japonais.

134 — Bonbonnière en vernis Martin avec médaillons à oiseaux.

135 — Bonbonnière en écaille blonde, enrichie de posé d'or et d'argent.

136 — Joli petit couvert avec manches en ivoire sculpté, à personnages.

137 — Dessus de boîte en cristal de roche, monture or.

138 — Chaîne de gousset avec breloques et cachet en cuivre doré. Louis XVI.

139 — Chaîne de gousset en acier faceté.

140 — Chaîne de gousset avec cachets en cuivre et acier.

141 — Châtelaine en acier avec breloques Louis XVI.

142 — Châtelaine en acier avec émail peint.

143 — Boucle en marcassite.

144 — Crochet d'éventail en argent.

145 — Médaille en argent.

146 — Cuiller à sirop en argent Louis XV.

147 — Couvert de voyage en argent, décor à fleurs
et feuillages Louis XV.

148 — Couvert en argent à fleurs et rocailles.

149 — Plaquette de Brandy en argent.

150 — Plusieurs lots de monnaies anciennes d'argent.

ARMES

151 — Paire de pistolets avec garniture en argent.
Époque Louis XVI.

152 — Petit pistolet à quatre coups.

153 — Poignard oriental, poignée émaillée.

154 — Couteau de chasse avec un étui en argent.

OBJETS D'AMEUBLEMENT

155 — Commode ornée de bronze. Époque Louis XV.

156 — Paire d'appliques à deux lumières, en bronze doré. Époque Louis XVI.

157 — Deux chenets en bronze doré, à figures de sphinx. Époque Louis XV.

158 — Lit à colonnes en bois sculpté. Style Henri II.

159 — Six fauteuils en bois sculpté, époque Louis XVI, couverts en tapisserie.

160 — Petit tapis en soie verte, brochée à fleurs.

161 — Joli coffret en bois de luxe, avec riche garniture en cuivre doré. Époque Louis XIII.

162 — Coffre en bois sculpté, offrant sur la façade des personnages en haut-relief. XVIe siècle.

MONNAIES

163 — Plusieurs lots de monnaies anciennes en argent.